MOI, VOUS ME CONNAISSEZ : J'AI LA FIBRE FAMILIALE SENSIBLE !... ALORS, QUAND MON PÈRE, TREVOR NOLAND, A DISPARU AU VIÊT-NAM AU COURS D'UN REPORTAGE, J'AI AUSSITÔT PRIS UN BILLET D'AVION POUR PARTIR À SA RECHERCHE !
EN FAIT, LE BILLET EN QUESTION, C'EST L'U.S. ARMY QUI ME L'A OFFERT ...
EN ÉCHANGE DE MA SIGNATURE AU BAS D'UNE FEUILLE D'ENGAGEMENT VOUS VOYEZ CE QUE JE VEUX DIRE ? ⊗
J'ai faim !... cette longue nuit passée à me tasser les vertèbres dans ce camion volé aux viets m'a ouvert l'appétit !... je rêve d'un hot-dog et d'une bonne bière !
ET VOILÀ COMMENT JE ME SUIS RETROUVÉ PAUMÉ DANS CETTE FOUTUE JUNGLE, EN PLEIN MAQUIS VIÊT-CONG AVEC L'AMI JOHN ...
Avec ou sans mousse ?
⊗ VOIR ALBUMS PRÉCÉDENTS.
Aucune importance !... À vrai dire : je me contenterais même de boire de la flotte !
Suffit de demander : REGARDE !
LES NAUFRAGÉS DE LA JUNGLE
FRANZ
D. PECQUEUR.
DAMN'T... J'en demandais pas tant : un simple verre d'eau m'aurait amplement suffit !
T'es jamais content !

HEY!... Où tu vas?!
En face!
tu parles pas sérieusement!
si! mais personne ne t'oblige à me suivre... tu peux m'attendre ici, je reviendrai te chercher avec le bac!
Ah! parce qu'en plus, t'as l'intention de piquer le rafiot des viets!... Et peut-on savoir pourquoi?...
pour traverser le camion sur l'autre rive tout simplement!
Tout simplement! Ben voyons!... Et tu t'imagines peut-être qu'ils vont nous laisser faire sans réagir? C'est de la folie, ton truc...
Pas sûr... ils sont certainement encore en train de roupiller dans leur pagode, sinon, ils nous auraient déjà repérés...
Ça nous laisse une chance de leur tomber dessus par surprise!
ou de tomber au champ d'honneur s'ils ont le sommeil trop léger!

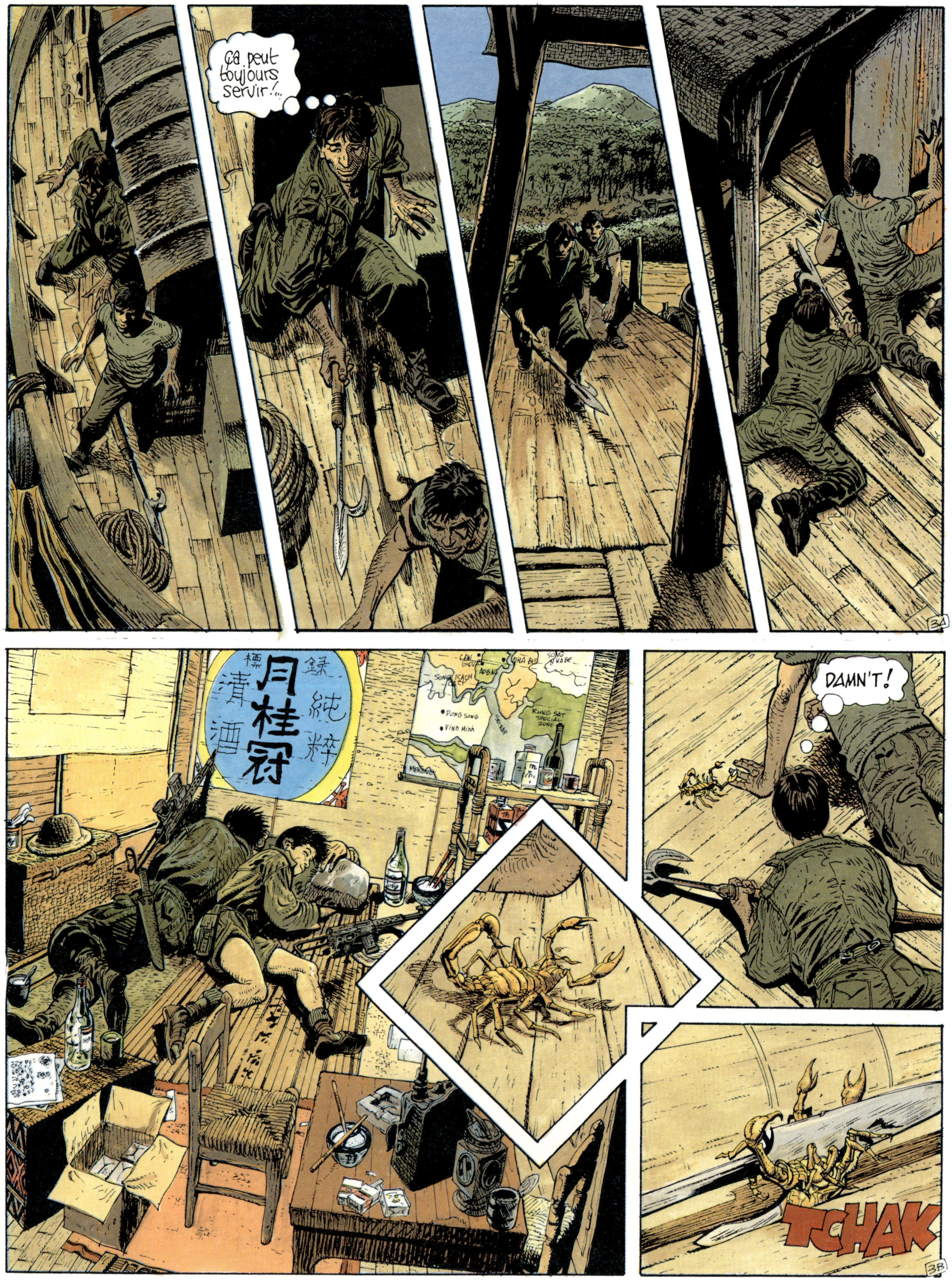
Ça peut toujours servir !...
月桂冠
清酒
純粋
DONG SONG
Vinh Minh
SOI RAP
RUNG SAT SPECIAL ZONE
MEKONG
DAMN'T !
TCHAK

?!Eh! ... T'as rien entendu ?
Hmm... Non!
J'ai tout de même pas rêvé!
?!HEY! on a de la visite! ...
Amène-toi et apporte les jumelles! ...
J'ARRIVE!
4A
D'où il sort, ce camion ?! Y' avait pas de convoi prévu ce matin!
Non... et c'est bien ce qui m' intrigue!...
Le chauffeur doit bien être quelque part!
Oui... mais où?! ...
D'autant plus que j' aperçois personne à l'intérieur!...
Comment ça, personne?! Il n'est quand même pas venu là tout seul ce bahut, non?!...
ici
4B

MAINS EN L' AIR ! BRAVES GENS !
!!
?!
ALLONS, PRESSONS !.. Mon pote fatigué et moi, j'ai hâte d'aller visiter votre garde-manger ... M'est avis que j'y dénicherai sûrement quelque chose d' me mettre sous la dent !
POUAH !
Effectivement...
Vise un peu ça, NOLAND !..il y a là-dedans de quoi nourrir tout un régiment !... Je vais nous mijoter un festin de première !...
Pas question !
Désolé de bouder tes talents culinaires, mon pote, mais mieux vaut aller chercher le camion en vitesse et ne pas moisir dans le secteur !
Dommage !... ce riz aurait mérité qu'on s'y attarde... Il est fameux !...
5A
Vraiment fameux ! Félicitations !... si j'osais, je vous demanderais bien la recette ! Eh ! Eh !
Largue les amarres pendant que je mets en marche !
A vos ordres Cap'tain !
DRRR DDR DDRR DRR VROP
BUD BUD BUD BUD
5B

c'est parti ! Machines en avant, toutes !
WROOPP WROOPP
Eh !.. on traîne une des amarres dans le sillage !.. Remonte-la à bord, j'aime pas trop la savoir près de l'hélice !... ALLEZ FONCE au lieu de te goinfrer !
Holà ! Holà ! t'emballe pas, fils ! tu me parais bien nerveux, ces temps-ci !
Tiens !... mange donc un peu ça te calmera !... " Ventre repu ne rouspète plus " disait toujours ma maman !
DRANG BEM
DEK
?!!
?!
HEY !.. Pourquoi le moteur s'est-il brusquement arrêté en émettant ce bruit de casserole ?!
Devine !!
Tu sais ce qu'il te reste à faire, je suppose ? ...
YES, sir.

Te bile pas pour ça !... Et puis avec ce fichu courant, vaut mieux que tu restes à la barre, sinon on risque d'aller s'échouer !...
Tu vas y arriver tout seul ?
DAMN'T pas étonnant que le moulin ait calé !...
Foutue amarre ! Elle veut rien savoir !!...
Alors, tu t'en sors ?
Tu parles !... l'amarre est complètement entortillée autour de l'hélice !...
Impossible de la dégager à la main !... Faudrait un couteau ou un truc de ce genre pour la sectionner à hauteur de l'axe !...
Bouge pas ! ... J'ai peut-être ce qu'il te faut !
J'ai trouvé cette machette qui traînait dans un coin ! Tu crois que ça fera l'affaire ?...
SHUT UP ! ... ECOUTE ! J'entends un drôle de bruit !
Normal !... T'as les oreilles gorgées de flotte et ça te résonne dans les tympans !
NON ! NON ! c'est pas ça... c'est comme un grondement sourd au loin !... Je suis sûr qu'il se passe quelque chose de pas clair en aval !...
En aval ?!
DAMN'T !

D... DES RAPIDES !...
C'était donc ça le grondement que j'entendais !
Remonte à bord ! il faut tenter d'accoster au plus vite !
Sans moteur on n'arrivera jamais à regagner la rive !... le courant est beaucoup trop fort !
John avait vu juste !... Malgré tous ses efforts, Thomas ne put lutter contre la violence du courant qui les précipita immédiatement vers les dangereux rapides !...
Cette fois c'est fichu ! aucune chance de s'en sortir vivants !...
Arrête de te lamenter et accroche-toi ! ça va chahuter dur !...
8A
En effet !... Ballotté en tous sens par les tumultueux remous, le bateau ne fut bientôt plus qu'une carcasse désemparée ricochant sur les récifs comme une vulgaire boule de billard !...
CRRACC
! ?
Je m'en souviendrai de ta balade en gondole !
8B

Bien plus tard, alors que le bac en perdition poursuit toujours sa course folle au fond des gorges rugissantes...
Et que chaque nouveau choc menace à tout instant de précipiter son agonie !
A ce train-là, on va pas tarder à jouer les radeaux de la méduse !
Rassure-toi. Je crois qu'on a passé le plus difficile !...
Je n'aperçois plus de récifs à l'horizon et j'ai comme l'impression que le courant est moins violent !
T'as raison ! On dirait même que le défilé s'élargit au loin et que le fleuve reprend son cours normal... ou presque !...
9A
Pourvu que ce bon vieux rafiot tienne le coup jusque-là !
Il tint le coup et John put laisser éclater sa joie !
WHAOUH !.. Dans mes bras, fils on est sauvés... ... SAUVÉS !
Pas encore, chap pas encore !... les ennuis ne font au contraire que commencer !... REGARDE !
?!
9B

DAMN ! un convoi viêt-cong ! Grouille-toi d'accoster avant qu'ils ne nous repèrent ... VITE !
Impossible : la barre est coincée !... Donne-moi un coup de main, à deux on parviendra peut-être à la débloquer !
Rien à faire ! le safran s'est sans doute tordu tout à l'heure contre un des récifs et il doit être bloqué contre la coque !
Manquait plus que ça !... sans gouvernail on est bons pour aller se fracasser contre ce fichu pont...
... va falloir songer à abandonner ce rafiot sans tarder !
Et sans éveiller l'attention des viets ! Du haut de leur perchoir, ils peuvent nous apercevoir d'un moment à l'autre !
Bah ! c'est pas avec la pagaille qui règne actuellement sur le pont qu'ils risquent de nous prêter attention !... Ces braves gens semblent avoir d'autres préoccupations pour l'instant !...
Effectivement...
Mais qu'est-ce que vous fabriquez là-bas ?! POURQUOI N'AVANCEZ VOUS PAS ?!
J'ai calé, chef et le moteur refuse de redemarrer !
C'était vraiment pas le moment de tomber en panne !... on bloque tout le convoi !...
EH ! REGARDEZ ! Y'a un bateau en amont qui dérive droit sur nous !
?!

Les bahuts sont bourrés d'explosifs. Et si ce fichu rafiot percute le pont tout va sauter!
!?
!?
ATTENTION! NE RESTEZ PAS LA'!... ABANDONNEZ LES CAMIONS ET ÉVACUEZ LE PONT EN VITESSE!
Affolés, les maquisards VIÊT-CONGS refluèrent vers la rive opposée juste à temps!... Déjà, le bac heurtait l'une des piles du pont avec une violence inouïe!
DBLAAMM
DBLAAM
Tu parles d'un feu d'artifice! M'est avis que les viets transportaient des tonnes de pétards!
Probable! reste maintenant à profiter de cette petite... diversion pour leur fausser compagnie!..
C'est la catastrophe! l'ensemble du convoi va y passer!.. Et tout ça à cause de ce maudit bateau... Je me demande bien comment il a pu arriver là!...
Bah! c'est sûrement un des bacs utilisés en amont du fleuve! Ses amarres ont dû se rompre et le courant l'aura entraîné jusqu'ici!...
Possible! A moins qu'il ne se soit engagé dans les rapides à la suite d'une fausse manœuvre!.. Et dans ce cas, j'aimerais beaucoup dire deux mots au sinistre imbécile responsable de tout ce gâchis!
Je t'écoute!
!?
L'imbécile en question c'est moi, alors si tu veux soulager ta colère, te gêne surtout pas... Mais auparavant... MAINS EN L'AIR... ET VITE!!...

Maintenant débouclez vos ceinturons, lentement de la main gauche et laissez-les glisser jusqu'à terre!... et pas de blagues, sinon...
Sage précaution qui eut les résultats escomptés
PARFAIT!... A présent vous allez nous accompagner bien gentiment jusqu'au tank... Vu?...
M... Mais pourquoi?
Pour éviter à vos petits copains d'en face de nourrir de mauvaises intentions à notre égard Eh! Eh!
Hey! on va tout de même pas laisser les yankees nous piquer le char sans réagir... FEU A VOLONTÉ!!
NON! NE TIREZ PAS... A cette distance vous risquez de toucher aussi l'un des nôtres!
Et bientôt...
DREB DREB DREBDREB DREB
Salut braves gens, et encore merci pour le char!... J'espère que vous avez fait le plein de fuel au moins... Ah! ah! ah!
Je vais te faire passer l'envie de rigoler, moi...! tu vas voir!
Au lieu de gaspiller vos munitions, vous feriez mieux d'aller me chercher le radio... VITE FAIT!
BLAM BLAM BLAM
Le... le radio?!... Mais comment voulez-vous que j'aille le chercher: Il est sur la rive opposée avec les autres... et le pont est en flammes!?...
J'veux pas le savoir! Débrouillez-vous comme vous voudrez, mais ramenez-le ici... Illico!... A la nage s'il le faut... COMPRIS??
Je tiens à avertir au plus tôt le QG qu'on nous a volé le tank... afin qu'ils donnent l'alerte générale... EXECUTION!

(x) VOIR : " LA GLAISE DES CIMETIÈRES "

EN EFFET, QUELQUES LACETS PLUS HAUT...
HELL! Là-bas un autre convoi Viet!
c'était prévisible!.. Cette fichue piste est plus encombrée qu'une autoroute en fin de week-end!... Nuit et jour c'est un défilé permanent de chargements en tout genre!...
CETTE FOIS, C'ETAIT L'IMPASSE CAR L'ETROITESSE DE LA PISTE INTERDISAIT TOUT CROISEMENT!
...qu'est-ce qu'il fiche là ce tank?!
c'est sans doute encore un connard qui s'est trompé au carrefour en bas du col!... ce genre de truc arrive fréquemment et les types s'engagent alors en sens inverse sur la piste!...
Ordonnez à ce crétin de nous céder le passage immédiatement ou je lui fais redescendre la piste à coup de pompes dans le cul! C'est clair?
Très clair sergent!
?!A...
...ALERTE!!...
DAMN... Il nous a repérés!
Faut leur balancer un obus avant que...
NON! ARRÊTE! ...REGARDE!: Ils abandonnent leurs camions et détalent tous vers l'amont!...
Là, alors, je ne comprends plus!... J'ai jamais vu des gusses déguerpir aussi vite!... C'est tout de même pas nous qui leur avons flanqué une trouille pareille?!
Non!... Il doit se passer quelque chose mais quoi??
14

LA REPONSE ÉCLATA DANS UN BRUIT DE TONNERRE...
FFSSHHH
DAOM
Les yankees attaquent... tous aux abris!...VITE!
DAOM
EN UN INSTANT, LES REDOUTABLES CHASSEURS AMÉRICAINS SEMÈRENT L'ENFER SUR HO-CHI-MINH...
DAMNED! ça pétarade tous azimuts!... pas étonnant que les viets aient été terrifiés!
D'autant plus qu'ils savaient ce qui les attendait car quotidiennement depuis des mois, les mecs de l'U.S. AIR FORCE leur jouent la même danse macabre...
DDBLAAM
Le genre de danse que je déteste!... surtout que d'en-haut, on doit faire une cible en or massif!
T'as raison... si on reste là-dedans on fera pas de vieux-os! faut abandonner le char et filer d'ici en vitesse!
Tu oublies les viets old chap!...Dès qu'on mettra le nez dehors ils nous allumeront comme des lapins!
Te bile pas!... Ils sont tous planqués dans leurs abris et risquent pas de nous apercevoir!... Le sous-sol de la piste HO-CHI-MINH est truffé de galeries dans lesquelles ils se réfugient toujours en cas de raid aérien!
T'es sûr de ce que t'avances?
absolument!...paraît même que les galeries en question sont aménagées comme de véritables camps retranchés avec réserves de vivres, de nourritures, dortoirs etc!... le tout relié par un gigantesque réseau téléphonique!...
Ben dis donc avec tout ce boucan, doit y avoir de la friture sur la ligne!

Effectivement !... Même au plus profond des fameuses galeries souterraines, l'écho des bombardements U.S. brouillait les communications ...
Allo ... oui, c'est moi... comment? Parlez plus fort ... J'entends rien! QUOI ?! VOUS ÊTES SÛRS ?..
Allo !... Allo ! ... vacherie de téléphone ... on a été coupés !..
Quatre hommes avec moi, VITE !.. Faut tenter une sortie immédiatement !
Que se passe-t-il sergent ?... C'est sérieux ?
Et comment !.. le Q.G. vient de me prévenir que deux yankees avaient subtilisé l'un de nos chars !
Et j'ai tout lieu de penser que le char en question...
C'est CELUI-CI !!
On n'a pas une chance sur mille d'atteindre vivants ce fichu char !... Vaudrait mieux attendre la fin du raid pour cueillir tranquillement les deux américains, sergent !
Pas question ! On va, au contraire profiter du grabuge pour leur tomber dessus par surprise. ALLONS-Y !
16

SORTEZ DE LÀ OÙ...?!?
PERSONNE ! ...OÙ SONT-ILS DONC PASSÉS ?
LÀ HAUT !
ILS SONT LÀ-HAUT SERGENT !
?!? NE LES LAISSEZ PAS S'ENFUIR !... FEU !... FEU À VOLONTÉ !

Mais au moment même où les "KALASHNIKOVS" pointaient leurs gueules d'acier vers les deux fugitifs ...
Il... il est mort !
Et si ça continue on va tous y passer ! ...Restez planqués Je m'occupe des yankees !
Qu'est-ce qu'il fabrique, le sergent ! il est devenu dingue ou quoi ?!... Face aux ricains, son fichu char fait pas le poids !
Pas sûr !... ce genre de tank est capable d'atteindre une cible à plus de six bornes ! Alors, pourquoi pas un zinc ?!...
Et tandis que l'âpre affrontement s'engageait...
751
DBAC
...Thomas et John profitaient de cette opportunité pour achever leur périlleuse escalade !...
Pff... on a fichtrement eu chaud, fils ! s'en est fallu de peu que les Viets nous envoient au cimetière !...
Ouais !... une chance que l'U.S. AIR FORCE ait fait parler la poudre au bon moment !
18

Mais la poudre a parfois des retours de flammes inattendus ! ...
DAMN'T ! ...
HELL ! ... les viets ont fini par en avoir un avec leur maudit char !
Pauvre gars ! ... Il va crever au champ d'honneur à cause de nous ! ...
?!? Comment ça, "à cause de nous" ? On n'a rien à voir là-dedans !
Facile à dire ! ... N'empêche que si on n'avait pas abandonné le tank, les viets n'auraient jamais pu l'utiliser pour descendre le zinc ! ... Tout ça c'est notre faute ! ... Et j'aime pas trop avoir la mort d'un type sur la conscience !
Remballe tes remords, mec ! ton pilote préféré a réussi à s'éjecter in extremis ! ... REGARDE ! On aperçoit son parachute là-haut ! Tu le vois ? ...
Ouais ! ... Et le plus inquiétant, c'est que les Viets doivent le voir également !
Possible ! ... Mais ça m'étonnerait beaucoup qu'ils bougent avant la fin du raid aérien ! Ce serait trop risqué pour eux ! ...
Par contre, sitôt le bombardement terminé, ils entameront illico les recherches ! Faut donc se grouiller si on veut retrouver le pilote avant eux !
Ça va pas être facile de le repêcher dans cette fichue jungle !
19

Peu après, alors que poussé par le vent, le parachute continue de dériver loin de la piste HO-CHI-MINH où les combats redoublent d'intensité...
Foutu bled !.. Jamais vu tant d'arbres au mètre carré !... Se poser là-dedans ne va pas être une partie de plaisir !
S'agit de viser juste ou je risque de m' embrocher sur une branche au passage !...
K KK KKKRAAAA-ASSCHHLAAKKK
OW !!
Arh... Ma... ma jambe ... impossible de la bouger...
Manquait plus que ça ! c'était vraiment pas le moment que cette fichue guibole me lâche !...
20

Quelle poisse!...
DONKTT
SSSSSHH!
!
SSS SSHH
DAMN'T! UN... UN COBRA! avec toute cette végétation, je ne l'avais pas repéré!...
saloperie de bestiole! Elle semble guère apprécier d'avoir été réveillée en sursaut! ... Pas bouger surtout... pas bouger, un geste et je suis mort!...
?!
!!
21

comprenant immédiatement le danger thomas et John s'immobilisèrent en silence.
Damn't ! ... impossible de tirer sans risquer d'atteindre aussi le pilote.
il n'a aucune chance d'en réchapper, le pauvre gars ! Et on ne peut même pas lui venir en aide, car au moindre bruit, ce maudit reptile lui porterait le coup fatal ! ...
A moins que ... ouais ... y'a peut-être une solution ... c'est un fameux coup de poker, mais ça vaut la peine de le tenter ! ...
?
L'instant d'après, avec une agilité féline John se hissait silencieusement jusqu'à la cime d'un des arbres surplombant la clairière ...
CRAZY BOY ! ... qu'est-ce qu'il peut bien mijoter ??
Doucement, mon vieux John, doucement ... Faut surtout pas éveiller l'attention de ce serpent de malheur !
TCHACKKK
22

Et voilà le travail !
Bien joué fils !
!!
C'est vraiment du grand art, mec. Félicitations !
Ouais ! Comparé à toi, Kid, Tarzan n'est qu'un rigolo !...
J'ignore d'où vous sortez, tous les deux, mais en tout cas, je vous dois une fière chandelle ! Désolé de ne pas vous sauter au cou pour vous remercier de m'avoir sauvé la peau. Mais ma jambe refuse tout service ! M'est avis qu'elle a mal supporté l'atterrissage !...
Bouge pas je vais regarder ça !
Te bile pas pour ta patte folle old chap, mon pote Noland va t'arranger ça en moins de deux ! Il a passé son brevet de secourisme quand il était Boy-Scout ! ... Eh ! Eh ! ...
23A
Alors, doc quel est le diagnostic ?
Ben, le tibia m'a tout l'air fracturé ! Coupe-moi quelques petites branches bien droites. On va lui faire une attelle de fortune qu'on fixera à l'aide des suspentes du parachute !
Laissez tomber, les gars. Même avec une attelle, je ne pourrai pas marcher, et je serai pour vous une entrave ! Tirez-vous sans moi avant que les viets ne rappliquent !...
Vous n'êtes sûrement pas les seuls à avoir repéré mon pépin au-dessus de la jungle et le coin risque de devenir malsain d'ici peu !... Alors fichez le camp pendant qu'il est encore temps !...
Pas question l'ami ! On te ramènera à la maison, quoiqu'il arrive ! ... pas vrai, John ?
Sûr !... Et c'est toi qui le porteras sur ton dos pas vrai, Noland ?
23B

un quart d'heure plus tard, les trois hommes s'enfonçaient dans l'inconnu ...
Au fait, kids, vous ne m'avez toujours pas éclairé sur les raisons de votre présence dans ce coin perdu !... Comment se fait-il que vous vous baladiez en plein maquis viet ?
ce serait trop long à t'expliquer !... Mais je peux t'assurer que c'est pas pour visiter la région !...
pas vraiment, non! En réalité, on a échoué dans le secteur par hasard et depuis, on essaie vainement d'en sortir !...
tu crois que cette fois on est sur la bonne route, Noland ?
J'en sais trop rien mais la piste HO-CHI-MINH se trouve derrière nous et plus on s'en éloignera, mieux ça vaudra !
Exact !... Et notre seule chance de salut est de foncer plein nord pour tenter de rejoindre le laos!
plein nord! plein nord! facile à dire ! comment tu veux te repérer, toi dans cette jungle ?
avec ça, Tarzan !
?!. D'où sors-tu cette boussole ?
c'est un souvenir de famille un fétiche dont je ne me sépare jamais ! Elle appartenait autrefois à mon ancêtre comanche WHITE HORSE ! ...
sans blague ! t'es indien alors ?..
ouais! je m'appelle LITTLE BIRD ! c'est ma grand-mère qui m'a baptisé ainsi quand je suis né dans la réserve de WICHITA Agency en oklahoma !
une sacrée bonne femme ma grand-mère, une légende vivante à elle toute seule !... faut dire qu'elle avait participé activement à la lutte contre les visages pâles... c'est elle qui m'a donné cette boussole quand j'étais gosse !...
24

" Elle la portait toujours attachée autour du cou et cela m'intriguait tant qu'un jour, n'y tenant plus je lui ai demandé ... "
Dis, grand-mère pourquoi tu portes toujours ce drôle de collier ?
Ce n'est pas un collier mon fils. C'est une boussole ! elle appartenait jadis à mon père,
WHITE HORSE! ...
Et pourquoi te l'a-t-il donnée ?
C'est une longue histoire Little Bird. Une très longue histoire qui remonte aux temps lointains où les Comanches vivaient libres !
Tout a commencé il y a bien des lunes, au bord de la Colorado river...
"... En ce fameux matin de printemps où des mustangs sauvages venus s'abreuver là ... "
"... entendirent soudain des pleurs !..."
OUIN! OUIN! OUIN!
!?
OUIN!
OUIN!
OUIN!
OUIN!
25

(*) enfant indien.

Elle est vraie ton histoire grand-mère ?
Ai-je l'habitude de te raconter des mensonges mon fils, ?...
Non, grand-mère! sauf quand tu bois trop de whisky !!!
A' mon âge, l'eau de feu est une bonne médecine, mon fils. elle console mon pauvre vieux coeur!...
Elle l'aide a' oublier que les visages-pâles nous ont enfermés dans leurs maudites réserves comme des animaux en voie de disparition!
mais c'est une autre histoire qui n'a rien a' voir avec celle que je te racontais... Où en étais-je déja' ??
Tu t'es arrêtée au moment où le mustang blanc venait de sauver in extremis le papoose :... que s'est-il passé ensuite ??...
EH bien les mustangs adoptèrent l'enfant qui grandit auprès d'eux loin des humains ...
Et devint ainsi un cheval a' deux pattes têtant les juments pour se nourrir et hennissant pour se faire comprendre !...
...Mais un jour, hélas, les choses se gâtèrent ...
...Cela se produisit, si ma mémoire est bonne, a' la fin de la lune des arbres qui craquent.
FIN DECEMBRE.

PAWWW
PAW
PAW PAW PAW
Maudites bestioles ! L'aurait pas fallu qu'y en ait une de plus, sinon j'étais à cours de munitions !...
Quel carnage !... j'ai rarement vu des loups s'acharner ainsi sur des mustangs ! ... Même affamés c'est pas le genre de proies qu'ils traquent habituellement ! ...
Probable qu'ils avaient flairé l'odeur du gosse et ça les aura excités !...
RRRRH!
28

Quoi qu'il en soit ça n' explique pas comment il est arrivé là', ce papoose, d'autant que y'a pas de tribus indiennes dans l' coin! ... Bizarre!... En tout cas, l'a plutôt l'air mal en point, le pauvre, peut-être même qu'il a son compte à c't'heure!
Non, il vit toujours!... il s'est seulement assommé en tombant de cheval et ses plaies ne sont que superficielles! ... il lui faut juste un petit remontant!...
Un coup de gnôle, y a rien de meilleur pour ravigoter son homme!... surtout celle-là'... C' est de la bonne!...
?! HIHIHI HIHI HINNNN!!
!!
HII...
HIC!
HIC!
HIC!... ...HIC! ...
Ben dis donc, t'en faut pas beaucoup pour être saoul, toi! ... Allons, essaie de te lever ça va passer! ... Eh, fiston, tu m' entends?!
Fichu môme, l'est complètement paf! ... le voilà qui roupille à présent! ... qu'est-ce que j'vais faire de lui, moi? ... J'peux tout de même pas l'abandonner là'... le cul nu dans la neige!
Bah! ... J'vois pas d'autre solution que de l' emmener à SILVER CITY !... En forçant l'allure, on y sera demain! ... là-bas j' trouverai bien quelqu'un pour s'en occuper, du moins, je l' espère! ...
29

⊗ nom communément donné aux grands rassemblements d'été au cours desquels les trappeurs vendaient leurs lots de fourrures.

le pauvre chou comme il a dû avoir peur !
Mais que faisait-il là-bas, tout seul dans la montagne ?
Va savoir !... il ne me l'a pas dit !... D'ailleurs, il a pas articulé le moindre mot depuis notre rencontre !... C'est pas un bavard, mais vous finirez bien par l'apprivoiser ! ...
Ah ! parce que tu comptes nous le laisser en pension, c'est ça ?!
Ben oui !... y sera mieux ici que nulle part ailleurs, avec tes copines et toi pour le dorloter !... comme ça au moins question casse-croûte, il sera servi !... y pourra toutes vous téter à tour de rôle, l'heureux veinard ! Eh ! Eh !
Et puis, depuis l'temps que tu rêves de retourner chez toi, en Louisiane, pour avoir une ferme et des gosses ben, j'me suis dit...
J'vais toujours lui offrir le gosse, pour la ferme, on verra plus tard !...
Oh !... pauvre amour il est blessé !... Regardez ! ...
Ouais, les loups l'ont un peu égratigné !... Rien de grave, mais faudrait lui désinfecter ça ! Soignez-le bien, les filles, pendant ce temps là, j'vais voir combien je peux tirer de mon lot de fourrures !
HIHIHIHIHIIINNN
?! Hey ! qu'est ce qu'il lui prend ?!?
Holà, baisse d'un ton, fiston t'effarouches ces démoiselles avec tes hennissements !... Pourquoi tu cries comme ça, hein ?
Ah ! tu veux ma boussole !... Ben tu vois, c'était pas la peine de te fâcher, suffisait de l'dire clairement !... Tiens, j'te la confie mais prends en soin, hein, j'y tiens ! ...
31

Bon, c'est pas tout ça, mais le devoir m'appelle!... salut princesse!
on te verra avant ton départ?... promis?...
Promis!...
je repasserai récupérer ma boussole et te faire la bise!...
la bise seulement?
Bah! Pour le reste j'te promets rien!... la bagatelle, tu sais, c'est plus d'mon âge!... Tous ces longs hivers passés à chasser dans la montagne ont fini par déglinguer l'bonhomme!... la mécanique est rouillée... l'pinson veut plus chanter!
toi aussi, t'es rouillé, pas vrai old chap?... Et ta copine vaut guère mieux!... Sûr que vous devez en avoir plein le dos tous les deux!...
Allons, encore un p'tit effort les enfants, l'écurie est proche!... Dès qu'on aura vendu ces fichues fourrures, j'vous offre un verre au saloon du coin!...
Et quelques heures plus tard au saloon en question...
Hello! l'ancêtre, déjà de retour?! D'ordinaire tu nous reviens qu'à la belle saison, comme les hirondelles!... qu'est-ce qui t'amène ici en plein hiver, tu t'ennuyais de moi?...
Non, de ton whisky! Eh! Eh!... donne m'en donc une bouteille!
Et lésine pas sur la qualité, c'est jour de fête!... J'viens de vendre toutes mes fourrures et j'suis plein aux as!...
T'entends ça, Duke?
J'suis pas sourd!... que diriez-vous d'un p'tit poker à quatre, kids?
l'idée est tentante...
32

Tentante, mais mauvaise, du moins pour certains...
Honneur aux anciens! A' vous de faire la première donne l'ami ! ...
Merci, mon gars, toi au moins t'as d' l'éducation!... taper le carton avec un gentleman comme toi ça se refuse jamais ! ... d' quoi joue-t-on?
au poker ça t'va?
au poker?... tu veux sans doute parler de c' truc qui se joue avec 52 cartes ?...
ouais pourquoi ?
PFFFFRRRTTT
Parcequ'il en manque UNE !
?! Hups!...
... V... vous êtes sûr !...?...L... Laquelle !?
TCHAK
?!
l'as de trèfle!! Et j'suis prêt à parier qu'il est pas loin!... ... tu permets ?...
Gagné ! Eh! Eh!
DAMNED! ... C... comment cette fichue carte a-t-elle pu arriver là ?
Ben... sans doute qu'elle aura glissé malencontreusement quand t'as sorti l'paquet de ta poche, tout à l'heure! ... C' est des choses qui arrivent même entre gentlemen ! ... on va pas s' fâcher pour si peu, pas vrai ?
Les choses sérieuses pouvaient à présent commencer!...
La journée a' été rude et j' tiens pas a' veiller tard ! ... Aussi, jeune gens, j' propose qu'on fixe dès maintenant l' horaire de clôture !...
minuit me paraît une heure raisonnable pas vous ?
ça m' paraît surtout optimiste de la part l'ancêtre !... m' est avis qu'on ira se coucher bien avant ça, pas vrai Jack ?
Et pour cause!... Duke est l' caïd du poker, l' orfèvre du carré d'as, l' virtuose de la quinte flush et c' est lui qui nous a appris a' jouer!... Alors sans vouloir t' vexer, ça m' étonnerait beaucoup que tu nous résistes jusqu'a' minuit, Cendrillon! Eh! Eh!
33

Pourtant, à l'heure dite, au terme d'une partie âpre et acharnée, le vieux était toujours là, et bien là !...
Désolé d'vous quitter alors que j'gagne, jeunes gens, mais l'heure, c'est l'heure !... l'est grand temps pour moi d'aller rejoindre les bras de Morphée.
Morphée? qui c'est celle-là?! une fille de chez Peggy ?...
J'en sais rien, mais vu l'pognon qu'il a gagné, sûr qu'elle va l'accueillir à bras ouverts, la Morphée en question! Y'en a qu'ont décidément beaucoup d'chance !... pas vrai, Duke ?
la chance n'a rien à voir là-dedans!
Vous avez remarquablement joué, l'ami, félicitations ! Dommage que j'ai les poches vides, sinon j'aurais commandé du champagne pour fêter votre magnifique victoire !...
Tiens, Attrape !... À défaut d'champagne ... Achète-toi donc des cigares et des bons !
Ça te changera de tes infects cigarillos qui empestent la camelote à pleins naseaux !
KLINGG
À un de ces jours, gentlemen et merci encore pour cette agréable soirée !... J'suis pas près de l'oublier. Eh! Eh !
Moi non plus!
Non seulement ce vieux singe nous a plumés comme des pigeons mais en plus, il se paie notre tête !
Mouais! et si cet imbécile claironne partout qu'il m'a aligné comme un débutant, je serai bientôt grillé à toutes les tables de poker à la ronde !
C'est vrai ça !... on peut pas laisser c'goujat ternir ta réputation, Duke ce serait du gâchis !... Tu veux que j'm'en occupe ?
Pourquoi pas!... Mais j'tiens pas à avoir d'ennuis, alors vas-y doucement, vu ?
Mais la douceur, c'était pas son fort, au gros Wilson! Et quelques instants plus tard, dans Silver street déserte, du côté de chez Peggy...
OW!
34

premier avertissement ! Eh ! Eh ! Si tu me rends pas immédiatement l'pognon que tu nous a piqué, j'me fâche !
Compris ?...
J'ai rien piqué du tout, mon gars tu fais erreur ! Cet argent j'l'ai gagné honnêtement !...
C'est pas l'avis de Duke ! Il dit que tu as triché et il déteste ça... les tricheurs !
PFF !
Il déteste surtout qu'on triche mieux que lui, nuance !
Joue pas sur les mots et envoie le fric ! ... Où est-il ?
Dans mon bonnet gros lard et faudra me scalper pour l'avoir
Ça tombe bien j'ai justement ce qu'il faut ! Eh ! Eh ! Eh !
Suffit pas d'avoir l'outil Encore faut-il savoir s'en servir !... J'ai étripé plus d'un grizzly durant ma chienne de vie et tu m'impressionnes pas gras du bide !
35

BABBADRROM
HEY ! vous entendez ça, les filles ? Y'a du grabuge dehors on dirait !
J'en étais sûre !... Encore un règlement de comptes !... Ça ne cessera donc jamais ! ...
Je le connais c'est Wilson Un copain de Duke !
Duke ?!... Tu veux parler de ce bellâtre qui te tourne autour depuis quelque temps ?
Voui... Même qu'il m'a promis le mariage et que ce pauvre Wilson devait être notre témoin !
Désolé fillette ...
Ouais, J' suis vraiment désolé d'avoir occis ton témoin, mais c'était lui ou moi !...
L'ANCÊTRE ! ...
J' t'aurais bien proposé de l' remplacer au pied levé pour la cérémonie ... Mais j'crains fort de pas tenir jusque là...
36

Courez chercher le docteur les filles !.. VITE !
Envoie plutôt chercher l' croque-mort, ma grande... c' fumier d' Wilson m' a pas loupé... J' suis bon pour l' cimetière...
Dis pas ça l'ancêtre, on va te sortir de là. Je te le promets !...
NON, honey, c'est fichu J' sens que tu vas bientôt l'avoir, ta ferme en Louisiane... Avec des prés tout autour et des gosses plein la cour...
Regarde... J'ai gagné l' gros lot au poker... Et comme j'ai pas de famille... Ben... J' te lègue le tout...
J'ai toujours eu l' béguin pour toi, tu sais bien... Alors autant que ce soit toi qu' hérites du magot...
La prochaine diligence pour la Louisiane passera en fin de semaine... Prends-la... Et emmène le papoose dans tes bagages... Promis ?
P... PROMIS !
Pleure pas, Princesse... Fais-moi plutôt ton plus beau sourire... Que j' l'emporte avec moi... en... souvenir...
Il... il est mort !
Pauvre vieux bonhomme !
Bah ! ça devait finir comme ça tôt ou tard ! A chaque fois qu'il revenait dans le coin c'était pour chercher la bagarre !...
FERME-LA, JANE ! tu entends ?... FERME-LA !... Et va donc réveiller le shérif !
Ça va pas être facile de le tirer du lit à une heure pareille !... Surtout pour compter des macchabées ! Enfin !... Je peux toujours essayer !
Mais la mignonne ne se rendit pas directement chez le shérif et l'instant d' après...
W.W. STORM HARDWARE
HOTEL
Quoi ?! Wilson est mort, t'es sûre ?
Absolument !... J'ai vu son cadavre comme je te vois !
37

DAMN!... le gros Wilson était pourtant pas un débutant! comment ce vieux débris a-t-il pu l'allonger si facilement!?
tout simplement en lui plantant un poignard long comme ça dans l' buffet!... l'ancêtre était un coriace, il savait jouer du surin mieux que personne! ...
Pourquoi tu parles de lui au passé?!
Parce qu'il a mal supporté la bousculade et qu'il a son compte, lui aussi!
?! HOPS !!
ET LE FRIC !? le vieux avait sur lui un paquet de fric, une vraie fortune en dollars!... qui a ramassé la galette, hein?!
QUI?
ARRÊTE tu m' fais mal!
Avant de clamecer l'ancêtre a tout refilé à Peggy parce qu'il en pinçait pour elle! ...
KLANG
DUKE!... où vas-tu?!
Récupérer l'oseille avant que le shérif fourre son nez là-dedans!
38
NON, N'Y VA PAS! tu risques d'éveiller les soupçons et de t'attirer des ennuis!...
Pourquoi?... c'est pas moi qui ai descendu l'vieux, j'ai rien à craindre!
Pas sûr!... T'es pas blanc comme neige dans cette histoire l'oublie pas!... À ta place je me tiendrais tranquille le temps que ça se tasse! Surtout que pour le fric rien ne presse!
comment ça?!?
Eh bien... Peggy va prendre la prochaine diligence en partance pour la Louisiane et elle emportera forcément l'argent en question dans ses malles... tu me suis?
Parfaitement poupée Parfaitement! Eh! Eh!
TAP TAP TAP

le samedi suivant au large de SILVERCITY, que la diligence de la BUTTERFIELD OVERLAND MAIL avait quitté le matin même à l'aube...
Etrange en fant que vous avez-là, Miss !... Pourquoi porte-t-il cette unique fourrure de renard pour tout vêtement, il doit être frigorifié !
Sans doute !... Mais malgré tous mes efforts, il refuse obstinément de s'en séparer et de se vêtir autrement ...chaque fois que j'ai tenté de la lui ôter, il s'est mis à hennir et à pleurer !...
À... À HENNIR ? ...vous voulez dire... comme un mustang ?
?! DAMN!
HOLÀ, MES JOLIS !...HOOO.!!
?! HEY! que se passe-t-il ?
Qu'y-a-t-il, cocher pourquoi s'arrête-t-on ?!
DEVINE !
KLIK
?!
Tenez-vous peinards, braves gens et tout se passera bien !... On veut juste dire deux mots à une copine !
descends de là en vitesse, Peggy !
Toi aussi, bouseux descends ! Et ne t'avise pas de faire le mariolle compris ?
C...compris !
39
Allons... Grouille-toi ma jolie, ou j'tire dans l'tas !
obtemperez, Miss je vous en supplie !
Et pressez-vous donc, que diable, ou cet énergumène va tous nous massacrer !!...
T'EXCITE PAS LA GROSSE ! ON Y VA !!
On sait que tu trimballes avec toi l' magot de l'ancêtre et on est venus toucher l'héritage... Où est l' fric ?
là où les ploucs de ton genre n'ont jamais mis la main sans payer si tu vois ce que je veux dire...

Sans blague!... Montre-moi ça! Eh! Eh!
Bas les pattes péquenot...
Si t'espères me tripoter gratis, tu te goures!
Et maintenant, si tu veux le pognon tourne-toi!... J'tiens pas à dévoiler mes charmes devant n'importe qui!
Et puis quoi encore!... Tu veux p't'être que je ferme les yeux aussi?!?
A ton aise! Puisque la galanterie t'étouffe pas, c'est moi qui vais me retourner! On a sa pudeur non mais sans blague!
"SA PUDEUR" AH! AH!
Ça c'est la meilleure! Ah! Ah! Enfin... mieux vaut entendre ça que d'être sourd... pas vrai bouseux?
... Ben! Euh!
Rira bien qui rira le dernier!...
Tout alors se passa très vite... Avec une rapidité insoupçonnable, Peggy fit brusquement volte-face et...
BLAM BLAM
DAMN!
MAUDITE GARCE! J'aurais dû me méfier!
une seconde plus tard, l'argent changeait de main...
Profite pas de ce que j'ai le dos tourné pour jouer les héros, bouseux. Je t'ai à l'oeil. Et j' tire très bien de la main gauche!!...

je déteste ce genre de plaisanterie p'tit morveux. Et tu mériterais mon pied aux fesses!
Mais j'connais une meilleure façon de t'enseigner les bonnes manières!
!...
Celle-ci! Eh! Eh! t'as eu tort d'exhiber devant moi cette boussole en argent massif ..Elle doit valoir son pesant d'or! que cela te serve de leçon à l'avenir! Eh! Eh!
Aucun des témoins de la scène n'osa s'interposer et...
Salut, braves gens!...Et encore merci de votre sympathique coopération! votre couardise m'a bien facilité la tâche! Ah! Ah!
l'impertinent!
Il a raison! nous ne sommes que des lâches!
Pauvre fille, elle est morte comme elle a vécu la jupe relevée et les cuisses à l'air.
Oooh Docteur! quel fripon vous faites! Hi! Hi!
HEY!... Mais que fait-il donc juché là-haut sur mes valises!??
HII/IHHNNNN!
Il hennit, mon cher, il hennit! Peggy ne mentait donc pas en affirmant que son jeune protégé se comportait parfois comme un vulgaire canasson!!
certes, mais elle a bien précisé que c'était uniquement quand on tentait de lui ôter son affreuse fourrure! Or ce n'est pas le cas! Et j'ai tout lieu de penser que ce garnement nous fait tout simplement un caprice!...
Non, m'ame, j'crois plutôt qu'il hennit pour appeler au secours! REGARDEZ!
41

HIIIRR!
HIIIRRR!
?! ?!
Eh bien, docteur que dites-vous de ça ?!
J'en reste sans voix mon cher, tant cela dépasse l'entendement c'est ahurissant, tout bonnement ahurissant !
Peu après...
Riche ! Je suis riche ! Eh ! Eh ! Et avant que ces imbéciles parviennent à dégager leur fichue diligence je serai loin !
De toute façon, je n'ai rien à craindre de ces froussards !... Aucun d'entre eux n'aura le courage de se lancer à mes trousses !
Erreur !... car soudain un hennissement suraigü déchira le silence matinal...
?! DAMN !... LE PAPOOSE j'vais lui apprendre à se mêler de ses oignons, à ce petit merdeux !
BLAM BLAM BLAM BLAM BLAM BLAM
?! HELL !... mon colt est vide !...
CLIC

Il n'eut pas le temps de recharger son arme déjà le mustang blanc se portait à sa hauteur et se rabattait brusquement sur lui
? DAMN...!!
PAS SI VITE MORVEUX !
PETITE CRAPULE! ... j'vais te passer définitivement l'goût de dépouiller les morts. moi. tu vas voir! Eh! Eh!
!?
Désolé d'avoir recours à la manière forte mais mon colt est vide! Eh! Eh! ... A défaut de te loger une balle dans le crâne, un coup de crosse bien placé fera parfaitement l'affaire!... C'est moins élégant mais tout aussi efficace! Eh! Eh!
43

Et c'est ainsi que le papoose fut recueilli par des guerriers comanches et devint plus tard, sous le nom de WHITE HORSE, l'un des plus grands chefs de la nation indienne !
Grand-mère, est-ce que je serai moi aussi un grand chef plus tard ?
Hélas non, mon fils, car les derniers chefs indiens sont morts avec le dernier bison et personne ne leur succédera plus désormais !...
Mais tu connaîtras cependant une grande destinée, car tu voleras un jour comme l'oiseau !
C'est vrai ?... qui te l'a dit ?
Personne !... Mais la nuit qui précéda ta naissance, je t'ai vu en songe traversant l'azur comme une flèche sur les ailes du vent ! ... C'est pourquoi d'ailleurs j'ai tenu à ce qu'on te nomme Little Bird !... Oui, mon fils, un jour tu voleras plus haut que l'aigle... je le sais !
44
Elle avait raison, ma grand-mère. J'ai effectivement volé comme un oiseau !... Malheureusement elle ne l'a jamais su car elle est morte bien avant que je réussisse à décrocher mon brevet de pilote de chasse !
En tout cas, oiseau ou pas t'es pas un poids plume, j'te le garantis !!... je commence à sérieusement fatiguer !
DAMN !... Manquait plus que ça !.. Ce fichu pont est trop abîmé pour supporter notre poids à tous !... Jamais on ne pourra traverser !
Faut pourtant essayer, old chap on n'a pas le choix si l'un de nous parvient à gagner l'autre rive, il réussira peut-être à réparer la liane cassée ... c'est risqué mais jouable !
C'est pourtant pas le moment de mollir, Noland la suite du programme s'annonce ardue ! REGARDE !
OK ! J'y vais !...

l'instant d'après, progressant avec d'infinies précautions, Noland s'aventurait sur le pont délabré qui, à chaque pas, vacillait dangereusement au-dessus du gouffre
c'est de la folie !... il me fiche tellement le trac que je préfère ne pas regarder !
T'as tort !... s'il fait le grand plongeon, tu vas louper le spectacle ! Eh ! Eh !... Blague à part j'serais pas fâché non plus d'le voir toucher enfin au but !
une minute plus tard, c'était chose faite !...
Bien joué, fils, mais tu peux te vanter de nous avoir flanqué une trouille terrible !
Alors ? comment ça s'annonce de ton côté ? ...
Ben c'est pas folichon !... il me faudrait au moins quatre bras pour tirer à moi la liane cassée et la maintenir fermement tout en l'entortillant solidement autour de l'arbre... jamais je n'y arriverai tout seul !...
ça va, j'ai compris... A mon tour de jouer les funambules !... Tiens mec, garde ça précieusement près de toi des fois qu'un vilain reptile te déboucherait encore sous le nez ... on ne sait jamais ! Eh ! Eh !
T'as raison !... Et comme ça, au moins, elle me restera en souvenir si tu rates ton petit numéro d'équilibriste !
Et tandis qu'à son tour John s'engageait prudemment au-dessus du gouffre impressionnant...
Fais gaffe quand même, hein ! y'a pas de filet !
Dans l'ombre épaisse, une redoutable menace planait silencieusement à l'insu des trois fugitifs...
Mais soudain...
CRAAC
?!!
L'imperceptible craquement troubla suffisamment le silence de la jungle pour alerter une oreille experte...
?!! DAMN !!

Malgré la fulgurante douleur qui lui tenaillait la jambe, le pilote blessé réagit aussitôt...
?!
?!
BARREZ-VOUS KIDS, VITE! LES VIETS RAPPLIQUENT!!
BLAMMM
BLAM
BLAM
BLAM
Arh!... le pont... faut pas que les viets puissent franchir ce foutu pont... Sinon Thomas et John... sont fichus...
Alors, dans un ultime réflexe son index pressa la gachette... et...
RATRATRATRATRA
NE LES LAISSEZ PAS S'ENFUIR!... FEU! FEU À VOLONTÉ!
HELL! planque-toi fils!
DAMN!... si seulement j'avais une mitraillette je t'assure que les viets regretteraient amèrement d'avoir descendu notre pote!
Possible mais t'as qu'une machette de pacotille alors reste peinard!... c'est pas la peine d'aller te faire flinguer... Un mort de plus sur la liste n'arrangerait rien!
Vaut mieux attendre que ça se tasse!... Ils finiront bien par se fatiguer, d'autant qu'ils peuvent plus traverser pour nous donner la chasse!
BLAM
Effectivement, quelques instants plus tard les maquisards viêt-congs cessaient le feu et se résignaient à quitter les lieux. À l'assourdissant fracas des armes succéda alors un silence infini. Tout semblait immobile, comme en attente. Puis quelque part un oiseau chanta et la jungle peu à peu recommença à vivre...